La tumba misteriosa

Editorial Bambú es un
sello de Editorial Casals, S. A.

Tel.: 902 107 007
www.editorialbambu.com
www.bambulector.com

Diseño de la colección: Miquel Puig

Primera edición: septiembre de 2012
ISBN: 978-84-8343-196-2
Depósito legal: B-12974-2012
Printed in Spain
Impreso en Índice, S. L.
Fluvià, 81-87. 08019 Barcelona

LA TUMBA MISTERIOSA

TEXTO: **JORDI SIERRA I FABRA**
ILUSTRACIONES: **JOSEP RODÉS**

Rosendo estaba de vacaciones. Su padre, no. Su padre era el famoso arqueólogo Segismundo Roca. Llevaba todo el verano en Egipto buscando la tumba del faraón Hipnoses III, uno de los más famosos y también de los más misteriosos de la Antigüedad. Las excavaciones tocaban a su fin, y aquel día, glorioso día, estaba previsto que desenterraran los últimos metros que llevaban a la entrada de la tumba subterránea de la gran pirámide cubierta por el paso de los siglos.

Por la mañana, el hombre le fue a dar un enorme beso a su hijo antes de irse del campamento.

–Esta noche lo celebraremos, seguro –se despidió de él.

–Déjame ir contigo, papá.

–No, molestarías más que otra cosa, y puede ser peligroso.

–¿Peligroso?

–Puede haber trampas. Quién sabe lo que encontraremos. Ya sabes que los antiguos egipcios eran maestros en la construcción de pirámides.

Le revolvió el pelo, feliz, y se marchó.

El campamento, en el oasis de Siwa, donde siglos atrás el Oráculo le dijo a Alejandro Magno que era hijo de los dioses, se hallaba lejos de las excavaciones, porque para los nativos aquellas tierras eran sagradas y los extraños no podían dormir en ellas. Decenas de leyendas envolvían la historia de Hipnoses III.

Leyendas que hablaban de magia y grandes secretos, misterios y enigmas.

Rosendo se pasó el día jugando con Aliya, la hija de Abu Sir, el capataz de su padre. Aquel había sido sin duda un hermoso verano y apuraban las últimas horas que probablemente iban a pasar juntos. Cuando Segismundo Roca encontrara la tumba habría que regresar para dar la gran noticia al mundo. Entonces Rosendo volvería a la escuela otro curso, preparándose para ser también un gran arqueólogo, y su padre regresaría a Egipto para estudiar en los meses siguientes todo lo que encontraran.

Al llegar la noche, sin embargo, los expedicionarios no volvieron al campamento.

–Habrán encontrado la tumba y estarán entusiasmados con ella –dijo Aliya.

–O estarán tratando de abrir la puerta y por tan poco... –pensó en voz alta Rosendo.

Al amanecer seguían sin tener noticias de la expedición.

Rosendo y Aliya comenzaron a inquietarse.

Y entonces...

Aparecieron los trabajadores, corriendo, en desbandada, sudorosos y agotados por la distancia, y se pusieron a recoger sus cosas para irse cuanto antes de allí. Sus rostros estaban alucinados, con los ojos desorbitados por el miedo. Ninguno quería volver la vista atrás, sólo irse cuanto antes.

–¿Qué ha sucedido? –Aliya consiguió detener a uno mientras buscaba a su padre con la vista.

El hombre se echó a llorar.

–¡La tumba los ha apresado! ¡La momia se ha vengado de ellos! ¡Es imposible regresar para salvarlos!

–¿A quién ha apresado? –preguntó Rosendo.

–¡A vuestros padres, los dos! ¡Soltadme! ¡Es la maldición de Hipnoses III!

Y echó a correr como alma que lleva el diablo.

En unos segundos, el campamento quedó vacío.

Solos los dos.

–¿Ahora qué hacemos? –dijo Aliya con los ojos llenos de lágrimas.

–Ir a buscarlos.

–¿Tú y yo?

–No voy a dejar que mi padre muera, ni tú dejarás al tuyo. Incluso si encontramos ayuda, llegaríamos tarde y morirían de hambre y sed. ¡Vamos, los dos lo conseguiremos!

–Somos niños...

–Pero no tontos. Tú eres de aquí, y yo he leído mucho acerca de pirámides, faraones, secretos, tumbas, jeroglíficos... Nos aprovisionaremos con agua y comida. Nos llevaremos dos mochilas con lo necesario.

Salieron del campamento cinco minutos después. Siguieron la senda descendiendo hacia la parte más baja del desierto, hundida entre dos pequeñas cadenas montañosas. Durante una hora ni hablaron, concentrados en el camino, unas veces pedregoso, otras arenoso. Tuvieron que subir y bajar dunas, y si bien primero siguieron las huellas dejadas en la arena por los hombres, pronto el viento las borró y dos horas después Aliya se detuvo.

—Nos hemos perdido —reconoció.

—Pero hemos de seguir hacia el norte —Rosendo miró su brújula—. Tanto da hacerlo por un lado como por otro mientras alcancemos nuestro destino.

Caminaron un poco más hasta que llegaron a un pequeño riachuelo que cortaba la tierra como una espada de agua. No era muy grande, pero parecía profundo. Entonces vieron a un hombre sentado junto a una pequeña barca y se acercaron a él para preguntarle. Ya más cerca, se dieron cuenta de que al desconocido le acompañaban dos animales: un chacal del desierto y una cabra. El hombre sostenía entre sus manos una enorme cesta de frutas.

–Queremos ir a las tierras de Akh-Ra y nos hemos perdido –dijo Aliya–. ¿Podrías indicarnos el camino más corto?

–Ah –respondió el hombre–, lo haré si vosotros me ayudáis a mí en mi problema.

–¿Y cuál es tu problema? –quiso saber Rosendo.

–Ves que poseo un chacal y una cabra, y llevo esta cesta de frutas a mi casa. Pero en esta barquita no cabemos todos, sólo yo y uno de ellos o la cesta, y ese es mi problema. Si dejo al chacal con la cabra, se la comerá. Si dejo a la cabra con las frutas, se las comerá. ¿Cómo lo podré llevar todo al otro lado si yo he de ir en la barca forzosamente y en cada viaje sólo puedo llevar una cosa o la barca se hundirá?

Rosendo sonrió. Él era un verdadero as resolviendo acertijos, juegos de palabras...

Y tú, ¿sabes la respuesta?

–Muy sencillo, amigo –dijo el niño–. Mira, primero tienes que llevar la cabra al otro lado y regresar solo. En el segundo viaje cargas con el chacal, lo dejas... pero regresas con la cabra. En el tercer viaje llevas la cesta de frutas. Vuelves solo a esta orilla y cruzas de nuevo el río con la cabra.

El hombre se dio cuenta de que era la solución acertada y le hizo una profunda reverencia.

–Gracias por tan sabia lección, amigo mío. En justa correspondencia, os mostraré cómo llegar a las tierras de Akh-Ra. No tenéis más que seguir este riachuelo. A un kilómetro hallaréis el desfiladero de Um, que debéis atravesar.

Se despidieron de él y continuaron el camino. Aliya estaba muy impresionada por cómo había resuelto Rosendo el problema de aquel hombre.

Un kilómetro después, hallaron el desfiladero.

Por desgracia, allí había alguien más.

Un bandido.

Apareció ante ellos como un fantasma, vestido enteramente de negro. Sólo se veían sus terribles ojos. Llevaba dos alfanjes tan grandes que con un solo tajo era probable que pudiera cortarles la cabeza a los dos.

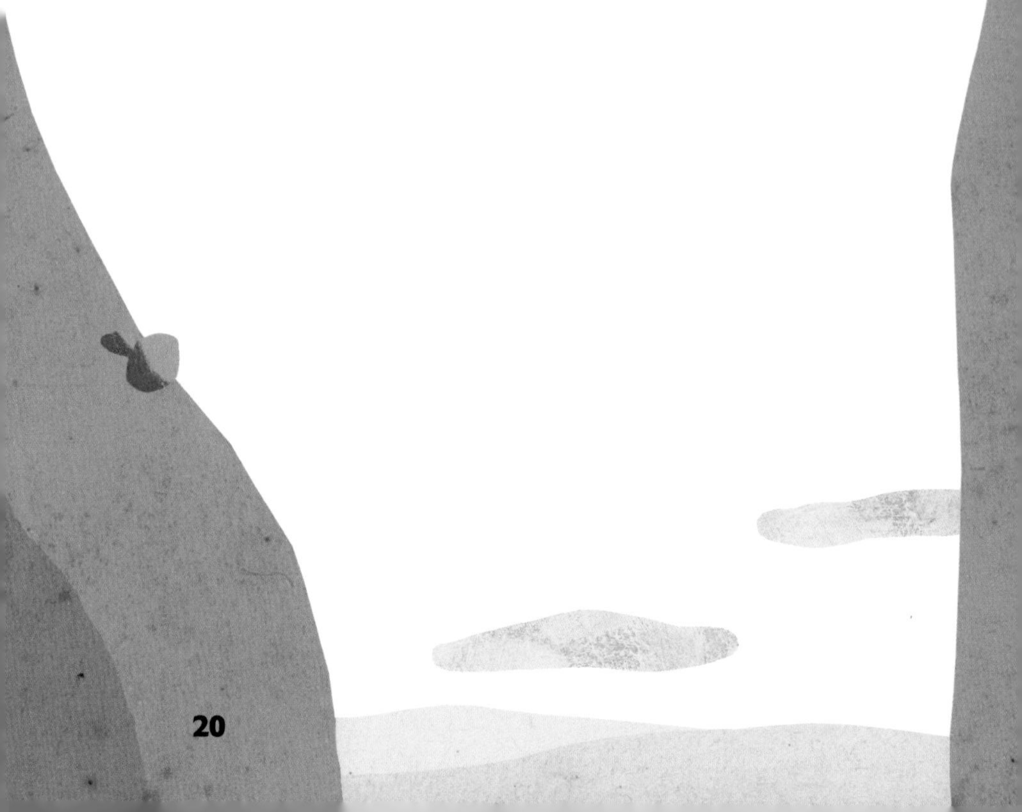

–¡Alto! –les gritó–. ¡Entregadme vuestras pertenencias!

–¡No puedes hacernos esto! –se enfrentó a él Aliya–. Vamos a rescatar a nuestros padres. ¡Si nos quitas la comida, el agua y lo necesario para llegar hasta ellos, morirán encerrados en la tumba de Hipnoses III!

–¡Soy un bandido! ¿Qué me importa a mí lo que les pase a dos saqueadores de tumbas?

–¡No son saqueadores de tumbas! ¡Todo lo que encuentren irá a un museo, para que puedan verlo quienes quieran! –se enfadó Rosendo.

–¡Y a mí qué! –el bandido blandió sus alfanjes–. Hace tiempo que le he dado la espalda al mundo y vivo solo en el desierto.

–Yo sé quién eres –dijo de pronto la niña–. ¡Te llamas Ali Bey y eras mago! ¡Te aburrías de ser más listo que los demás, huiste al desierto y te hiciste bandido!

–Sí, soy Ali Bey. ¿Y qué? –se quitó el embozo de la cara.

–Cuando actuabas en pueblos y ciudades eras el rey de los acertijos. ¡Todos te conocían por ellos! ¡Nadie los resolvía! –a Aliya se le iluminaron los ojos–. ¡Plantéanos un acertijo, y si lo resolvemos nos dejas pasar sin quitarnos nada!

–¡Ah, temeraria! –Ali Bey se echó a reír–. ¿Pretendes acaso ser más lista que yo? ¿De verdad quieres que te proponga un acertijo?

–Adelante –dijo ella cruzándose de brazos.

–¡De acuerdo! –la desafió el bandido–. Un acertijo a cambio de vuestras pertenencias... y quizás vuestra vida–. Se echó a reír, después dejó de hacerlo en seco y dijo: –¿Cuántas gotas de agua caben en una vasija vacía?

Aliya miró suplicante a Rosendo.

Su compañero ya se estrujaba el cerebro para resolver aquel enigma que parecía imposible.

¡En una vasija vacía podían caber miles de gotas!

 **¿Se te ocurre a ti la respuesta?**

De pronto, el muchacho abrió unos ojos como platos.

–¡Una! –gritó al comprender lo sencillo de la respuesta–. ¡Después de que caiga una sola gota la vasija ya no estará vacía!

Ali Bey no podía creerlo.

–De acuerdo –se rindió a la evidencia–. Podéis pasar. ¡Que no se diga que no soy hombre de palabra!

Y se apartó para que cruzaran el desfiladero.

–¡Bien hecho! –suspiró Aliya.

–Otra vez no estés tan segura de que siempre voy a poder ser tan listo –dijo él todavía temblando.

Salieron al otro lado del desfiladero y caminaron cerca de media hora antes de detenerse para beber agua y comer algo. Sabían que estaban cerca de su destino, pero no conseguían ver nada en medio de aquella tierra tan pedregosa batida por el sol. Estaban empapados en sudor. Lo que más temían era llegar tarde. Muy poco después se encontraron con una gran roca que parecía partir el mundo en dos, porque a ambos lados se abrían sendos caminos.

Y a sus pies, un pastor vigilaba a un puñado de ovejas que Dios sabía dónde debían pastar, porque allí no se veía ni una brizna de hierba.

–Disculpa, buen hombre –se dirigió a él Aliya–. ¿Podrías indicarnos el camino para llegar a Akh-Ra?

–Hay dos opciones, como ves –dijo el pastor hablando con voz cadenciosa–. Por desgracia, una de las dos te lleva al desierto del olvido, donde todas las personas que lo pisan pierden la memoria para siempre. Podría engañaros fácilmente.

–Pero no nos engañarás, ¿verdad? –dijo la niña estremeciéndose.

–Estoy todo el día aquí, aburrido –el pastor se encogió de hombros–. ¿Qué tal si jugamos a algo para que os ganéis mi respuesta?

–¿Jugar? –dijo Rosendo preocupado–. ¿A qué?

–Puedo proponeros un acertijo, y si lo resolvéis... os indicaré el camino correcto.

–Entonces ningún problema –Aliya resopló aliviada–. Cuando quieras.

El pastor hizo memoria, sonrió y luego recitó este verso:

Había una vez dos sastres
que de los hombres todos
hacían hermosos vestidos
sin pensar en los desastres.
¡Cuántos calzones fiados
y chalecos medidos
que han sido pedidos
y nunca jamás pagados!
A un sastre nunca acuséis
ni busquéis un mal remedio.
Antes quitaos de en medio
y olvidad lo que penséis.

Cuando terminó, les dijo:

–Decidme la suma de todos los números que aparecen en este poema y os indicaré el camino.

Rosendo y Aliya parpadearon.

–¿La suma...? –dijo él sin entenderlo.

¿Eres capaz de resolver el acertijo antes que Rosendo y Aliya?

–Sólo hay un número, el dos del primer verso –reflexionó su amiga.

El pastor ensanchó su sonrisa.

–Entonces el camino que debéis seguir es...

–¡Espera, espera! –le detuvo Rosendo al darse cuenta de la trampa–. ¡Todos los versos tienen números! –miró a su compañera de viaje–. ¡Sastres... sas-tres, y lo mismo to-dos, vesti-dos, desas-tres...!

–¡Ahí va! –dijo ella, comprendiendo de golpe.

Comenzaron a sumar, verso a verso.

–¿"Un" es un número?

–No, es un artículo. Y tampoco "una", porque el número sería uno, en masculino.

Volvieron a concentrarse y al final...

–¡Hay doce en la primera estrofa, ocho en la segunda y trece en la tercera! –Aliya fue la primera en hablar–. ¡Son treinta y tres!

–¡Qué astuto poner esos medios en la última! –asintió Rosendo.

–Habéis sido listos –los elogió el pastor. Y a continuación dijo: –Tomad esta dirección, a mi izquierda. Akh-Ra está muy cerca de aquí.

*Había una vez **dos** sas**tres***
*que de los hombres to**dos***
*hacían hermosos vesti**dos***
*sin pensar en los desas**tres**.*
*¡Cuántos calzones fia**dos***
*y chalecos medi**dos***
*que han sido pedi**dos***
*y nunca jamás paga**dos**!*
*A un sastre nunca acu**séis***
*ni busquéis un mal re**medio**.*
*Antes quitaos de en **medio***
*y olvidad lo que pen**séis**.*

Esta vez echaron a correr, a pesar del calor. Ya no querían más contratiempos. Por lo menos, el pastor les había dicho la verdad. Apenas unos cientos de metros después...

–¡La excavación!

Cubrieron el último tramo saltando entre las rocas y bajaron por el hueco abierto en la tierra. Allí habían trabajado todos los obreros durante semanas, hasta dar con la puerta de acceso a la tumba subterránea. La parte final fue la más difícil, porque se hundía en el suelo y las escaleritas de madera que habían construido eran precarias. Finalmente llegaron a su destino.

Sólo que no había ninguna puerta.

Se encontraron ante una pequeña pared de unos dos metros de largo por otros tantos de alto, recién desenterrada porque la tierra aún se amontonaba a los lados. Tenía tres impresionantes grabados y tres piedras circulares, una debajo de cada uno de ellos.

–¿Qué es esto? –dijo Rosendo alucinado.

–Fíjate en el suelo –le hizo ver Aliya–. Hay un semicírculo impreso en el polvo en torno a esa pared...

–¡Lo cual significa que gira sobre sí misma y que nuestros padres entraron ahí!

Lo entendieron al unísono.

–Debemos apretar estas tres piedras circulares por orden. Es la combinación que abre la puerta.

El chico se sintió desfallecer.

–Ni siquiera sé quiénes son esos dioses o lo que sea –se lamentó.

–Yo sí –dijo ella.

La miró boquiabierto.

–No te extrañes. Soy egipcia y conozco mucho de nuestro pasado –proclamó Aliya con orgullo–.

La figura con cabeza de rana es Heqet, la diosa de la resurrección. La figura que en parte es leona, en parte hipopótamo y en parte cocodrilo, es Aman, el devorador, el que destruye a los malvados y se los come. La tercera, con cabeza de gato, es Bastet, protectora de las embarazadas y los nacimientos.

—Entonces el orden... —dijo Rosendo frunciendo el ceño.

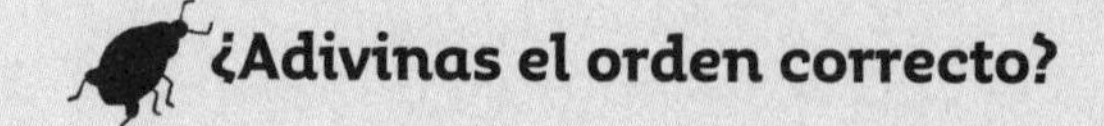

¿Adivinas el orden correcto?

—Debería ser nacimiento, muerte y resurrección —apuntó Aliya.

El chico lo probó. Primero presionó la piedra situada debajo de la diosa Bastet. A continuación hizo lo mismo con la de Aman, y finalmente le tocó el turno a la piedra de Heqet.

La puerta comenzó a girar sobre sí misma, muy despacio.

—¡Bien, Aliya! —exclamó Rosendo.

La contemplaron asombrados. Iban a entrar en la pirámide.

Cuando lo hicieron, vieron que del otro lado las tres figuras se repetían. Así pues, no tendrían problemas para salir.

—¿Y ahora qué?

Rosendo fue el primero en tomar su linterna cuando la puerta se cerró del todo y quedaron a oscuras. Aliya le imitó. Después de sus padres, eran los primeros humanos en pisar aquel suelo en cinco mil años. Algo asombroso.

No tuvieron más remedio que seguir las huellas de las pisadas impresas en el suelo. Descendieron por unas escalinatas, atravesaron dos estancias maravillosamente conservadas, subieron otro buen montón de escalones y luego tuvieron que volver a bajar escaleras. Parecía un laberinto, pero de una sola dirección. Todas las paredes estaban bellamente pintadas con motivos del pasado, de los tiempos de esplendor del país de los faraones. Era impresionante.

Pero ellos no tenían tiempo de disfrutar de tal hallazgo.

–¡Papá!

Nada. Silencio.

Desembocaron en otro pasadizo, este mucho más ancho y con estatuas de dioses a los lados. Al menos había cincuenta protegiendo la tumba del faraón. Las linternas arrancaban luces y sombras espectrales, porque las estatuas tenían más de dos metros y algunas eran tan terroríficas como perfectas, mezcla de humanos y animales. No faltaban todos los símbolos de la iconografía faraónica: el ojo, el escarabajo, el gato, el sol...

Al final de aquel largo pasadizo se encontraron con una pequeña cámara, y en ella, tres puertas.

Tres puertas marcadas con tres extraños signos, cada una de un color: roja la de la izquierda, verde la del centro y azul la de la derecha.

–¡Es la antecámara! –dijo Aliya–. ¡Detrás de una de estas tres puertas se encuentra la tumba de la momia... y nuestros padres!

–¿Estás segura?

La niña examinó las tres puertas. Luego volvió la cabeza y dirigió el haz de luz de su linterna al otro lado.

–¡Mira!

Justo a su espalda había un escrito impreso en la pared. Rosendo era bueno resolviendo jeroglíficos, pero no tanto como para descifrar aquel, y más con los nervios que se apoderaban de él por momentos. Por suerte, su amiga sí dominaba el tema, después de ver toda su vida a su padre trabajando en la búsqueda de tumbas perdidas.

Lo leyó despacio, pero sin perder un segundo.

Y a ti, ¿se te dan bien los jeroglíficos?

–Detente, caminante, y retrocede ahora que estás a tiempo. Tienes ante ti tres puertas. Una te conducirá a la muerte inmediata, pues al otro lado miles de serpientes darán cuenta de ti; otra será tu cárcel eterna, porque un sortilegio detendrá el tiempo y tú lo harás con él; sólo la tercera te llevará a la vida, a la tumba de nuestro amo el faraón. Si quieres arriesgarte, sólo tienes que resolver este enigma siguiendo estas dos únicas pistas.

Aliya miró a Rosendo.

–¿Preparado?

–Sí –apretó los puños con determinación.

–La puerta de la cárcel no es la roja. La puerta de la muerte queda inmediatamente a la izquierda de la puerta de la vida.

Volvieron frente a las puertas mientras repetían mentalmente las dos condiciones del enigma.

–Si nos equivocamos... –Aliya se estremeció.

–¿Y si los que se equivocaron fueron nuestros padres y abrieron la puerta de la cárcel o la de la muerte?

Esa posibilidad les aterró.

–Ellos son listos –dijo la chica.

–¿Entonces por qué no han regresado? –Rosendo se ensombreció.

Siguieron mirando las tres puertas.

La cabeza de Rosendo se puso a trabajar.

Y mientras razonaba, fue explicando sus argumentaciones en voz baja.

–Si la puerta de la cárcel no es la roja, significa que en ella está la vida o la muerte. Pero si, además, la muerte está a la izquierda de la puerta de la vida, es imposible que en la puerta roja esté la vida, ya que a su izquierda no hay otra puerta, y tampoco puede estar en la puerta azul, porque ello supondría que la muerte está en la verde y entonces la cárcel estaría en la roja, cosa que se niega en

el primer punto. Por lo tanto, en la puerta roja está la muerte, a su derecha la vida en la puerta verde, y la cárcel se encuentra en la puerta azul.

Aliya había tratado de seguir sus razonamientos, pero Rosendo era demasiado rápido para ella.

–¡Espera! –detuvo el gesto de su compañero, que ya iba a abrir la puerta verde–. ¿Y si no se refiere a derecha o izquierda desde nuestra posición, sino desde la suya?

–No tiene sentido –dijo Rosendo–. Ha de ser así.

No se lo pensó dos veces.

Abrió la puerta verde.

Y entonces, al otro lado, iluminada por sus linternas, vieron la gran tumba del faraón, con las paredes pintadas de vivos colores y rodeada de tesoros, estatuas, vasijas... riquezas increíbles.

El mayor hallazgo arqueológico desde la tumba de Tutankhamón.

¡Lo habían conseguido!

Ni siquiera se dieron cuenta de que la puerta empezaba a cerrarse a su espalda, muy despacio.

Hasta que una voz resonó en aquel espacio milenario.

–¡La... puerta...!

Y otra.

–¡Cuidado...!

Ante ellos aparecieron Segismundo Roca y el padre de Aliya, desencajados, con los ojos desorbitados.

La puerta se cerraba.

Apenas sí quedaban unos centímetros.

Cuando comprendió la verdad, Aliya dio un salto hacia atrás, abortando su impulso de correr hacia su padre para abrazarlo. Como pudo alargó la mano lo justo para interponer su linterna entre la puerta y su encaje en la pared.

Temió que su fuerza quebrara la linterna.

Pero no fue así.

—¡Salvados! —gritó entonces Segismundo Roca.

Se abrazaron los cuatro. Ahora sí. Y por si acaso salieron de la cámara ahora que conocían el secreto de su entrada a través de la puerta verde. Podrían regresar y apuntalarla mientras investigaban todos aquellos tesoros.

—¿Qué os pasó? —quiso saber Rosendo emocionado.